Für Jeanette, George und Iris
J.C.

Übersetzt von: Altair Vertalingen bvba

Zum ersten Mal erschienen in Großbritannien 2007, Little Tiger Press London

ISBN 978 90 374 6648 5
D/2007/4969/225

Ted, Bo und Diz

Das erste Abenteuer

Jason Chapman

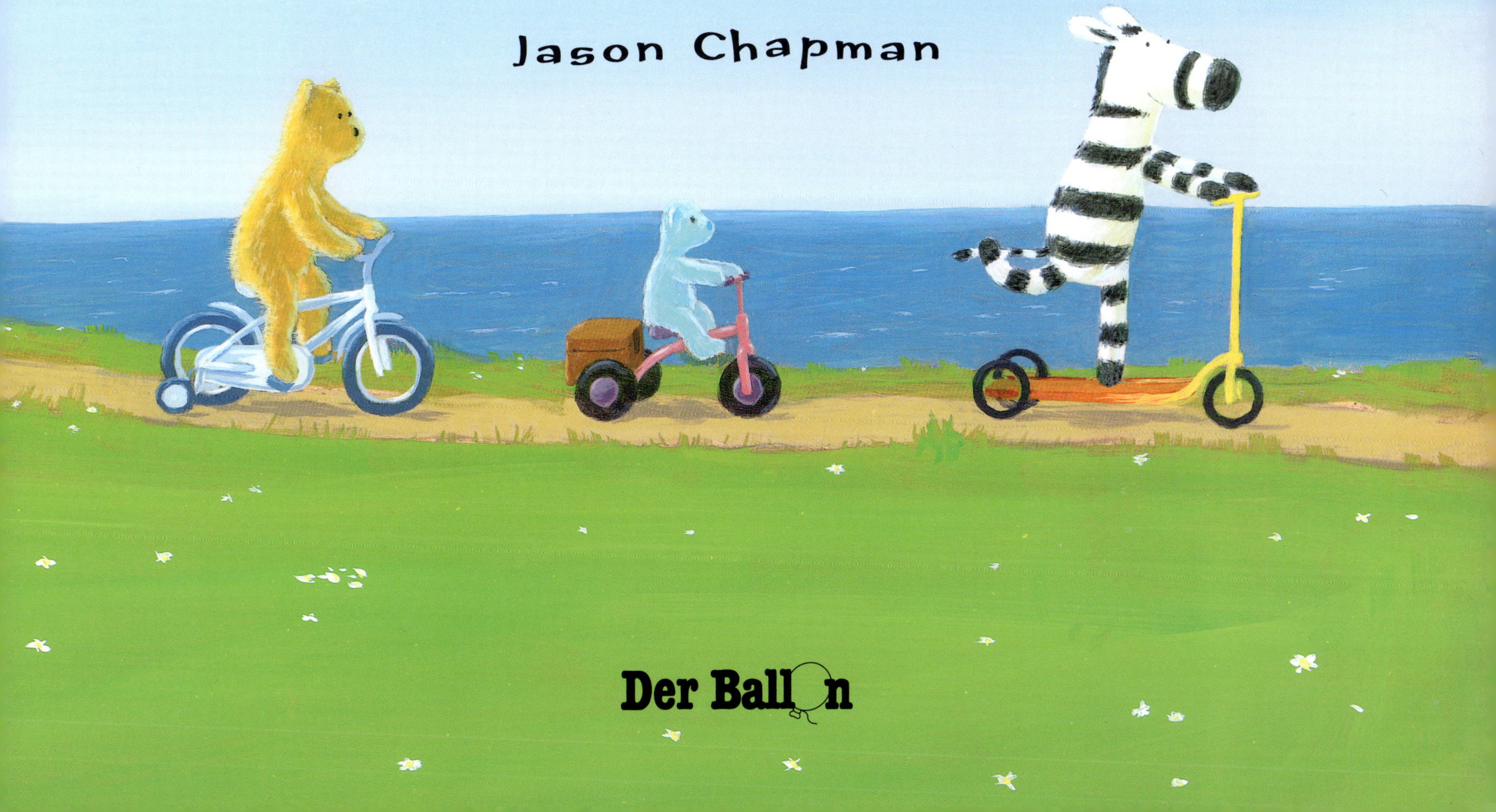

Der Ballon

Es ist ein warmer, sonniger Morgen.
Ted, Bo und Diz sind am Strand.

“Heute ist ein perfekter Tag, um am
Wasser zu sitzen”, denkt Ted,
während er das Gummiboot aufbläst.

“Schau”, sagt Diz. “Ein Eisberg!”

Eine Eisbärenfamilie und ein kleiner Seehund liegen eng aneinander gekuschelt auf dem sanft wiegenden Eisbett.

Dann wachen sie auf,
einer nach dem anderen.

Ted, Bo und Diz paddeln vorsichtig zu ihnen. Bo lehnt sich nach vor, um dem kleinsten Eisbären eine Blume zu geben. An ihrem Gesicht fühlt sie, wie kalt das Eisboot ist.

Der kleine Bär hat noch nie eine Blume gesehen, aber er weiß, dass es etwas Schönes ist.

Während die Sonne warm scheint, erzählen die Bären Geschichten über ihre Welt voll Eis. Die neuen Freunde spielen gemeinsam und bauen Schneeburgen auf ihrer Eisinsel.

Plötzlich hören sie ein dumpfes Krachen.
Das Eis unter den Füßen von Diz bricht
und gleitet weg.
“SPRINGEN!” rufen sie alle, und Diz springt
so hoch und so weit er nur kann.
Er landet sicher bei seinen Freunden…

“Wir könnten mit dem Boot nach Hause paddeln”, sagt Papa Eisbär. Aber das Boot ist zu klein für alle.

Sie setzen sich und denken nach. Sie warten, während ihre Insel immer kleiner wird...

... und immer
kleiner wird.

Plötzlich springt Ted auf.
“Warte!”, sagt er.
“Ich habe eine Idee.”

"Sei vorsichtig Ted!" ruft Bo.
Die neuen Freunde kriechen dicht zueinander.
Sie schauen Ted zu, der weit weg im Meer paddelt.

“Ted kehrt zurück”, sagt Mama Eisbär.
“Er kehrt sehr schnell zurück!”, sagt Diz.
Ted hat eine Familie Walfische bei sich!
“Spring nur an Bord”, sagt der größte Walfisch.

Ted, Bo und Diz winken den Bären und dem kleinen Seehund nach, als sie ihre lange Reise nach Hause beginnen.
Schon bald ist der Eisberg nicht mehr größer als ein Kiesel am Strand.
Bo hebt das Stück auf und hält es fest, bis gar nichts mehr davon übrig bleibt.

"Komm, wir gehen nach Hause", sagt Ted.
Diz schaut über das Meer und lacht.

“Schau”, sagt er. “Noch ein Eisberg!”